Marie-Claude Lefebvre

Vincent Moreau

COLLECTION PAPILLON
OUVRAGES PARUS DANS CETTE COLLECTION

1. **Le club des Moucs-Moucs**, de Mimi Legault, roman, 1988

2. **La nuit blanche de Mathieu**, de Robert Soulières, roman, 1988

3. **Une enquête toute garnie**, de Marjolaine Juteau, roman, 1989

4. **La clé mystérieuse**, de Marie-Andrée Mativat, roman, 1989

5. **Un duel, un duo**, de Lorraine Pilon, roman, 1989

6. **Le secret de François**, d'Hélène Gagnier, roman, 1990

7. **Le pouvoir d'Olivier**, de Marjolaine Juteau, roman, 1990

8. **La maison abandonnée**, de Mimi Legault, roman, 1990

9. **La vieille maison bleue**, de Micheline Huot, roman, 1990

10. **Le temple englouti**, de Susanne Julien, roman, 1990

11. **La ruelle effrayante**, de Claire Daignault, roman, 1990

12. **Tu peux compter sur moi**, de Jean-François Somain, roman, 1990

La ruelle effrayante

À Sheila

COLLECTION
PAPILLON

Du même auteur

L'amant de Dieu, nouvelles, éditions La Presse, 1979

Le cas Lembour, nouvelles, Maison des mots, 1984

Une course contre la montre, roman-jeunesse, éditions Fides, 1989. Prix d'excellence de l'Association des consommateurs «Livres 90»

La ruelle effrayante

roman

Claire Daignault

ÉDITIONS PIERRE TISSEYRE
8925, boulevard Saint-Laurent — Montréal, H2N 1M5

Données de catalogage avant publication (Canada)

Daignault, Claire

La ruelle effrayante

(Collection Papillon).
Pour enfants de 9 à 11 ans

ISBN 2-89051-389-0

I. Simard, Rémy. II. Titre. III. Collection : Collection Papillon (Éditions P. Tisseyre)

PS8557.A43R83 1990   jC843'.54 C90-096207-0
PS9557.A43R83 1990
PZ23.D34Ru 1990

Dépôt légal : 2ᵉ trimestre 1990
Bibliothèque nationale du Canada
Bibliothèque nationale du Québec

Maquette de la couverture :
Le Groupe Flexidée

Illustration de la couverture
et illustrations intérieures :
Rémy Simard

1

La guerre des nerfs

Je ne sais pas ce que vous pensez, mais moi, les repas au restaurant avec les parents, je trouve ça dur à avaler. On jurerait retomber en enfance. Des remarques dans le genre: «Ôte tes coudes de la table. Arrête de chipoter dans ton assiette. Attends pas que ça refroidisse. Bois ton lait, c'est meilleur que la liqueur. Tiens-toi droite sur ta chaise. Prends le temps de mastiquer, etc.», changent vite un souper en supplice. On dirait qu'on ne nous y entraîne que pour nous assaisonner. Ça les stresse de nous sortir. Du moins, j'ai toujours eu cette impression jusqu'à tout récemment.

Depuis que mes parents sont séparés et qu'à tour de rôle, ils m'y invitent pour «converser», mon sort s'est grandement amélioré. À vrai dire, ce n'est pas la seule chose qui s'est améliorée. D'une façon générale, il y a moins d'électricité dans l'air. À croire, qu'après tout, ils n'étaient pas vraiment faits pour vivre ensemble, mon père et ma mère. Maintenant qu'ils ne se voient qu'à l'occasion, la paix est revenue.

Au début, j'ai trouvé ça raide. J'ai même cru que c'était à cause de moi qu'ils se dressaient sur leurs ergots à tout bout de champ. Mais ils m'ont assurée qu'ils étaient parfaitement capables de se monter seuls. Je n'étais pas le problème. C'était leur «relation de couple» qui clochait. Moi, ils m'aimaient autant l'un que l'autre et regrettaient de me voir mêlée à leur chicane. Ils ne voulaient pas que je me sente coupable et promettaient que je n'aurais pas à

8

choisir, à prendre parti, et patati et patata...

N'empêche que j'ai mis du temps à digérer ces belles paroles. Et à m'habituer à faire la navette entre eux. À présent, ça va. J'ai accepté leur décision. Je dois admettre que ça tourne un peu plus rond. Même que, la semaine dernière, mon père m'a emmenée dans un restaurant japonais et que ça a été amusant. En entrant, il fallait se déchausser et s'asseoir sur des coussins. Dans un panier d'osier, on nous a apporté quelque chose qui ressemblait à des hors-d'œuvre. Heureusement que je n'ai pas mordu dedans, parce qu'en réalité, c'était des petites serviettes pour s'essuyer les mains!

Les murs étaient en papier et les gens super polis, tous en courbettes. Je trouvais ça rigolo, mais quand il a fallu manger avec des baguettes et qu'alors, j'ai laissé échapper mon riz sur le tapis, j'ai bien cru que mon père allait me tomber sur la tomate! À mon grand soulagement, il a pouffé. Et puis, il a demandé des couteaux et des fourchettes, sinon on serait encore là à picorer sur nos assiettes. En fin de compte, on a fait d'une pierre deux coups: on s'est rempli la panse et dilaté la rate.

Comme les gens portaient des kimonos, ça m'a fait songer aux cours de judo que je voulais suivre et j'en ai parlé à mon père. Il s'est étouffé avec son saké, cet alcool chaud et fort servi dans de mini-tasses. Faut dire que mon père est un brin rétro sur les bords. Pour lui, une fille égale encore dentelles et jarretelles, croyez-le ou non! Enfin, si les enfants modèles, c'est dur à bricoler, les parents, imaginez...

— Des cours de judo! Qu'est-ce qui te prend, Catherine?

— Rien. On en donne à l'école. Il me semble que j'aimerais ça. Et puis, vous êtes toujours à me répéter de faire attention à ci, à ça. Si je suivais ces cours-là, je saurais me défendre.

— Ouais, te défendre... a marmonné mon père. Tu en as parlé à ta mère?

Et voilà! L'éternel relais. La consultation fatidique. Et tac, la balle est dans ton camp. Depuis leur séparation, c'est du ping-pong, à savoir qui va payer quoi et quand. Le sport national monoparental!

Ceci dit, au moins, ils s'occupent de moi. C'est pas le cas pour Julien qui demeure au-dessus. Lui, il est en famille d'accueil. Ses parents, il préfère ne pas en parler. D'ailleurs, pour ce qu'il a de leurs nouvelles! Ma mère affirme qu'ils doivent avoir de gros soucis, qu'on ne doit pas les juger, qu'un jour ils expliqueront à Julien, qu'il doit être indulgent.

Facile à dire, mais pas facile à encaisser!

En tout cas, j'ai promis à Julien que, si on ne lui payait pas des cours de judo, moi, je lui apprendrais tous les trucs. On pratiquerait ensemble.

Sur ces entrefaites, ma mère a mis son grain de sel:

— Je ne veux pas qu'il y ait de chamaille. À ton âge, Catherine, tu devrais comprendre ça.

— C'est pas de la chamaille, c'est du judo! ai-je protesté.

— Judo, tant que tu voudras. Une fille, ça ne se tiraille pas avec les garçons!

Et re-tac! Toujours à voir du vice partout, les parents. À vous mettre des bâtons dans les roues. Pour votre bien, naturellement.

Je n'ai pas jugé nécessaire de raconter le scénario entier à mon père. Je lui ai simplement mentionné que maman était d'accord.

Je ne sais pas si c'est son saké ou mes cours de judo qui lui donnaient chaud, mais s'il avait pu décrocher un des éventails sur les murs du resto, il l'aurait fait. Ça lui faisait un drôle d'effet, mon projet! J'ai changé de sujet...

— Je croyais qu'on assisterait à un spectacle à notre table. À la télé, j'ai vu un cuisinier japonais lancer sa salière, sa poivrière et ses couteaux dans les airs.

— C'est un autre genre de restaurant japonais où il est plus agréable de se rendre en groupe. On doit partager sa table avec d'autres convives. C'est moins intime, indiqua mon père.

— Dis, papa, comment on fait pour reconnaître un Japonais d'un Chinois?

— Heu... répondit judicieusement mon père.

— Julien prétend que les Japonais ont les yeux plissés par en haut et les Chinois, par en bas.

Et j'accompagnais mes commentaires d'une mimique lorsqu'une serveuse japonaise a surgi de derrière un paravent. De toute évidence, elle m'avait entendue, mais elle a souri et a expliqué gentiment:

— Nos deux peuples sont orientaux et, physiquement, ils ne présentent pas de différences importantes. Nous sommes de petite taille; nous avons les yeux bridés, le teint jaunâtre, les cheveux droits et foncés. D'une région à l'autre, il existe des différences, mais pas toujours évidentes pour un étranger.

Et elle enchaîna de sa voix aguichante (c'est peut-être pour ça qu'on les appelle parfois «geisha»):

— Il y a plus de nuances entre nos cultures et nos langues. Notre propre race comporte une variété de coutumes et de dialectes.

Elle aurait fait un bon prof, notre serveuse asiatique.

Mon père intervint, la bouche en cœur. Un vrai «Jean-Paul Belleau», celui-là...

— C'est très intéressant! Il faudra nous en raconter davantage.

— Ce sera un plaisir, susurra-t-elle en trottinant à reculons et en inclinant son joli chignon traversé de longues aiguilles.

J'ai senti que mon père allait développer un penchant subit pour la cuisine japonaise! De fait, il ajouta:

— Nous reviendrons bientôt essayer un suchi...

— C'est quoi un suchi? que j'ai soufflé, soupçonneuse.

— Hein? Heu... du poisson cru, balbutia mon père, complètement gaga.

— Ouache! Tu viendras tout seul!

Je crois bien que jamais je ne lui avais tant fait plaisir!

○

Hier, j'ai acheté mon «judogi», le costume pour pratiquer le judo. On est bien là-dedans. C'est grand, ça permet d'être à l'aise dans ses mouvements. Pour l'instant, je porte la ceinture blanche, celle des débutants. Mais je compte mordicus décrocher la jaune, l'orange, la verte, la bleue, la marron, et finalement, la fameuse noire!

Dans ma chambre, j'ai revêtu mon judogi et j'ai improvisé quelques contorsions devant mon miroir. Elvis, mon oiseau, qui s'était juché sur mon épaule, a été tellement surpris qu'il m'a fait une tache sur mon costume.

— Elvis, espèce d'oiseau de malheur, tu mériterais de te faire plumer!

— Que veux-tu, il n'est pas habitué à tes simagrées, s'est moquée ma mère qui passait devant ma porte.

En poussant des cris aigus, Elvis a regagné son perchoir. Puis il a dressé sa huppe, cette couette *flyée* qui lui a valu son nom.

— Assez! Assez! a glapi Elvis.

Comme vous le voyez, Elvis n'est pas un oiseau ordinaire. C'est une perruche «calopsitte» pour employer le terme juste. Quelque chose entre le perroquet et le cacatoès. C'est pour ça qu'il peut parler. Ça prend une patience écœurante, mais on peut lui enseigner des mots.

Ce mot-là, «assez», c'est ma mère qui le lui a appris. À chaque fois qu'Elvis jacassait trop fort, ma mère criait: «Assez!». L'oiseau a bêtement enregistré le mot et ça a produit l'effet contraire: il le radote à qui mieux mieux...

Je me suis dirigée vers la salle de bains pour nettoyer la tache sur mon judogi quand, par la fenêtre, j'ai aperçu Julien, mon copain d'en haut, qui dévalait l'escalier extérieur. Il a frappé trois petits coups dans le carreau. C'est notre signal. Je l'ai rejoint sur le perron.

— C'est des galons que tu as là? ironisa-t-il en pointant la tache sur mon épaule.

Je me demande parfois pourquoi c'est mon ami. Son père est militaire et son jargon déteint sur lui. Il n'est pas méchant, seulement frustré à cause de sa condition en famille d'accueil chez les Comeau. Il aurait aimé rejoindre son père, mais celui-ci est souvent en exercice au diable vert. Évidemment, Julien n'entretient pas des rapports à tout casser avec M. Comeau. Encore moins avec son fils Éric qui passe son temps à lui chercher des crosses. Enfin, ça fait partie de son problème...

— Comment tu me trouves?

— T'as l'air perdue là-dedans.

— C'est sûr que c'est pas sexy, c'est fait pour être confortable! que je me suis emportée.

— Prends ça mou, Catherine Lemire! Moi, le judo... fit-il avec dédain. Je préfère le karaté. D'ailleurs, j'ai commencé à pratiquer. Regarde mes mains deviennent cornées.

Quand je disais qu'il peut être chiant!

— Pour le karaté, c'est le même costume!

— Pas besoin de s'attifer en pyjama pour s'endurcir les jointures. Moi, je suis un autodidacte. Ça veut dire que j'apprends seul.

— Tu me fais suer, Julien Lagacé!

Il saisit la balle au bond:

— Pis ça va encore tacher ton beau costume!

J'ai fait volte-face. Garder son calme, ça relève aussi des arts martiaux. Mais si j'avais pu lui appliquer une bonne savate, je l'aurais volontiers envoyé dans le décor.

Au lieu de ça, en rentrant, j'ai balancé un coup de pied dans le pouf du salon. J'avais oublié que j'étais sans chaussures. Mes orteils ont plié à 90 degrés, ce qui m'a fait exécuter des pirouettes dignes du Cirque du Soleil, avec effets spéciaux à la Spielberg et hauts cris assortis: «Ayouille! Saloperie de mocheté! Sirop de calmant! Fesse de rat! Crotte de chat! Boudin gras! Cosmos! et tout et tout!»

Et dire que ma mère prétend que je manque de vocabulaire. Ça paraît qu'elle n'a pas accès à mon journal intime. Elle verrait qu'à l'écrit, je ne suis pas manchote! C'est vrai, je me débrouille mieux sur le papier que sur le vif. À l'oral, ou je perds souvent une bonne occasion de me taire, ou ça sort de travers.

Ma mère qui assista par hasard à ma scène des Grands Ballets en vrac, attesta qu'à coup sûr, je possédais des aptitudes pour «m'envoyer en l'air». L'expression lui paraissant douteuse, elle se ravisa en précisant que «je manifestais sans contredit du talent pour la ruade japonaise, la danse de Saint-Guy et autres chinoiseries».

Ce qu'il faut entendre!

J'ai regagné ma chambre sur mes cinq doigts de pied enflés. Dans sa cage, Elvis s'affairait à se fouiller les plumes. Il était en pleine mue et du duvet courait partout sur mon plancher. J'ai décidé de suivre son exemple et d'enlever une pelure en me débarrassant de mon judogi. Puis j'ai enfilé mon *jeans* et je l'ai trouvé drôlement serré.

Je trouvais rien à mon goût! J'avais les nerfs en boule. Il ferait beau avant que je lui donne des leçons de judo, à Julien Lagacé. C'est Julien «L'agaçant» qu'il aurait dû s'appeler!

Si seulement j'avais pu me passer de lui pour prendre le foutu raccourci menant à l'école: une ruelle si sombre, si étroite, si tortueuse, que je n'osais l'emprunter seule. Julien m'accompagnait, même si lui non plus n'en menait pas large en la traversant. Elle sentait le pipi de chat et les poubelles mal fermées. Les cordes à linge grinçaient au-dessus de nos têtes et nos pas résonnaient sur les dalles croches, mais elle nous attirait. Peut-être justement à cause de son côté mystérieux. On était contents d'y entrer, mais vachement contents d'en sortir. Entre le début et la fin du passage, on courait, on frissonnait, on riait, on trébuchait, on se poussait, on *tripait*, quoi!

Julien l'avait baptisée «le tunnel de la mort». Moi, «la ruelle effrayante», ça me suffisait. On imaginait n'importe quel monstre ou sadique surgissant de l'ombre. On aimait avoir peur. C'est comme pour les films d'horreur. J'en raffole, même si après, j'ai la frousse et si je dois dormir avec la lampe allumée.

C'est un peu pour ça que j'ai voulu suivre des cours de judo. Pour me sentir plus sûre de moi. Va pour le suspense, mais sans trop de risques!

La ruelle, j'en parle pas à ma mère, autrement elle me la défendrait. Ça ferait comme pour les films d'horreur auxquels elle a mis le holà dernièrement. Elle soutient que c'est malsain de rechercher les sensations fortes. Elle ne s'est pas vue l'été passé à la Ronde. Trois fois qu'elle a embarqué dans les montagnes russes, en hurlant comme une perdue et en arrachant presque la chemise de son *chum*. Moi, je mangeais tranquillement ma barbe à papa en les considérant d'en bas. Ça me donne mal au cœur, ces engins-là qui plongent, s'élancent et virent sec. Le fait est que ma chère maman prenait beaucoup de plaisir à s'égosiller et à s'exciter tout plein. Bien entendu, pas question de le lui rabâcher. Pour les adultes, c'est jamais pareil.

La ruelle, c'est notre secret à Julien et à moi. Pour partir en orbite, c'est quand même mieux que la drogue, non? D'ailleurs, je lui réserve toute une mise en orbite au beau Julien, la prochaine fois qu'on aura le diable à nos trousses dans la ruelle. Je vais lui administrer un croche-pied dont il se souviendra long-temps. Ça lui apprendra à m'asticoter et surtout ça lui endurcira les genoux pour son karaté!

2

Les fesses à l'air

J'ai commencé mon entraînement de «judoka». C'est ainsi qu'on désigne les pratiquants du judo. Au premier cours, le professeur (qui n'est même pas un Japonais; il a les yeux ronds comme des billes!) nous a parlé des origines du judo; c'est une manie chez les profs, ils en donnent toujours plus que le client en demande.

Une très vieille légende veut qu'un moine méditant sur le comportement des petites branches s'inclinant sous le poids de la neige, eut soudain une révélation; celle du principe général de la souplesse comme moyen de défense ou d'attaque en face d'une force supérieure... de là, le nom de jiu-jitsu ou «art souple». Un 100 watts, ce moine!

Les différents clans guerriers de l'époque développèrent ensuite des techniques en s'exerçant aux arts martiaux sur les terres de leurs seigneurs. C'était motus et bouche cousue sur leur savoir dans le maniement du sabre, de la lance, de l'arc, et dans le combat à mains nues. On établit un code d'honneur pour empêcher que trop de monde s'étripe.

L'arrivée des Américains en 1853 fit tout chavirer en ouvrant le Japon au monde extérieur. Ce monde lui apporta ses innovations, dont les armes à feu jusqu'alors inconnues des Nippons. Alors là, les vieux arts martiaux ont comme qui dirait «pris une débarque». La plupart des écoles fermèrent. Dépité de voir tant de techniques géniales prendre le bord, un jeune étudiant japonais, Jigoro Kano, consacra une partie de sa vie à étudier le jiu-jitsu dans ce qui restait d'écoles. Prenant le meilleur de chaque procédé, les notant et les comparant, il créa, en 1882, LA super technique: le judo! Ça devait cliquer. La preuve: elle s'est transmise jusqu'à nos jours.

Brève pause, léger toussotement, et le prof aborda le côté moral de l'affaire. Rien de trop beau. Il nous signifia que le judo était avant tout une discipline possédant des vertus éducatives particulières pour la formation du caractère et la préparation aux luttes de l'existence. On ne devrait pas l'utiliser à tort et à travers pour chercher à péter de la broue ou des margoulettes, mais uniquement quand c'est justifié.

Après ce petit sermon, on eut enfin droit à la leçon pratique: mouvements, positions et figures de base. J'ai remarqué qu'il y avait autant de filles que de garçons (mon père aurait tiqué). On se mit à gesticuler sur nos «tatamis», ces tapis pour atténuer les chutes. À un moment donné, le prof a proposé une clé de bras et j'ai été jumelée avec le seul garçon aux yeux en amande: Tam Ho. Tam avait l'air gentil et il parlait très bien notre langue (ma mère aurait dit qu'il la parlait mieux que moi!). Je me félicitais: «Avec un Japonais pure laine, je vais sûrement apprendre plus vite!»

On enchaîna avec quelques roulades. Le prof affirmait que c'était capital de savoir comment culbuter sans se faire mal. «Les Japonais y accordent une telle importance qu'ils ont pris pour symbole du judo la fleur de cerisier, laquelle tombe avec grâce et légèreté, avant d'être fanée», poétisa-t-il. On aura tout vu...

Une sonnerie retentit fort à-propos et on évacua le «dojo». Quand on est cabossé, on doit être tenté de l'appeler «donjon», mais aujourd'hui, vu qu'on était à nos balbutiements, pas de courbatures ni de bobos: on se sentait frais comme la rose, à défaut de léger comme la fleur de cerisier!

À la sortie du vestiaire, j'ai croisé Tam. On a fait un bout de chemin ensemble. C'est alors que j'ai su qu'il n'était pas japonais, mais vietnamien, ce qui équivaut à plus près de la race chinoise.

— Tout de même, présumai-je, pour toi, ça doit être plus facile le judo.

— C'est pas plus facile parce que je suis asiatique. Les gens s'imaginent qu'on a ça dans le sang, les arts martiaux. Je voudrais bien!

En continuant de jaser, j'ai appris qu'il demeurait dans le même quartier que moi, deux rues plus haut.

— Tu connais «la ruelle effrayante»? que j'ai demandé pour la forme, car j'ai ajouté d'emblée: Il faut que je te la montre! C'est un raccourci.

Le hic, c'est qu'à cette heure, la brunante descendait. Surtout qu'il avait plu toute la journée. C'était entre chien et loup. Mais pas question de reculer. Si la ruelle paraissait impressionnante, j'allais l'être d'autant en face de Tam.

Je l'ai pris par la main et je l'ai entraîné dans mon couloir sinistre, résolue à lui en faire voir de toutes les couleurs, sur fond stéréophonique et écran Imax!

À mesure qu'on avançait, la noirceur nous cernait. Lentement, nos yeux s'y sont faits comme ceux des hiboux. On est devenus «nyctalopes», je crois que c'est le mot exact. La ruelle prenait l'aspect d'une caverne avec ses murs de brique suintants, son pavé humide et glissant. Par-ci, par-là, des lumières pâlottes d'arrière-cours tremblotaient. C'était pas folichon, mais ce le fut encore moins lorsqu'on entendit des pas derrière nous.

Moi qui n'avais pas perdu les pédales jusqu'ici, je n'allais pas flancher et détaler comme une jument emballée. Ça me prit tout mon petit change, mais je me retournai, imitée par Tam. On vit alors un homme grand et maigre, vêtu d'un imper dont il ouvrit brusquement les pans. Coucou! En dessous, je parie que vous devinez, il était nu comme un ver. J'eus la sensation d'avoir un instant les cheveux droits sur la cafetière; Tam, lui, s'était transformé en hérisson.

Sauve-qui-peut! Jamais la ruelle ne m'est apparue si longue et pourtant on a dû la traverser en un clin d'œil. En débouchant, Tam était désorienté, alors je lui ai lancé:

— Suis-moi!

Aussi sec, on a galopé vers la maison.

Promptement, on a atteint le perron, puis j'ai extirpé la clé de ma poche. Malédiction! pas moyen de l'insérer dans la

serrure de la porte. J'étais trop paquet de nerfs. Ah! si j'avais simplement pu crier: «Sésame!». Enfin, après bien des tâtonnements, je réussis à l'ouvrir. On se précipita à l'intérieur et on referma à toute volée. Pour un peu, c'était la barricade. Le cent mètres, on l'aurait gagné haut la main. La poudre d'escampette, ça dope en Jupiter! Deux astéroïdes!

Essoufflés, on zieuta par la fenêtre pour voir si le bonhomme nous avait suivis. Mais la rue était déserte. Alors nos patates ont repris leur rythme et on s'est esclaffés. Tu parles d'une cavale. On avait les jambes comme de la guimauve.

— Il n'y a personne chez toi? demanda Tam après la décompression.

— Ma mère va bientôt arriver. Elle aussi a un cours le vendredi soir, mais il finit une heure plus tard. Elle fait de l'aérobie.

— Si ça te fait rien, je vais attendre ici.

— C'est plus prudent, au cas où le maniaque rôderait encore.

— En tout cas, on respire mieux ici! souligna Tam.

Je m'apprêtais à être d'accord quand des coups frappés dans la porte du patio de la salle à manger me firent grimper dans les rideaux.

Mon sang refit un tour et mon estomac, un aller-retour! À ce régime-là, j'allais me taper une jaunisse et passer pour la petite sœur de Tam avant longtemps.

— C'est moi, Catherine. Ouvre!

La voix de Julien. J'ai fait coulisser la porte du patio et dès qu'il a été entré, je l'ai traité de tous les noms. Mais dans le fond, je l'aurais embrassé. J'étais si soulagée que ce soit lui.

— Je t'ai vue rebondir comme s'il y avait le feu, fit-il, habitué à mes invectives.

Il ajouta en pointant Tam:

— Au début, j'ai pensé que tu te sauvais de lui...

— Mais non, voyons. J'ai rencontré Tam au cours de judo. C'est un exhibitionniste qui nous courait après. Un type à poil. Et devine où on l'a vu? Dans la ruelle! Je te jure que je ne suis pas prête à la reprendre!

— Pfft! ça vaut la peine de s'inscrire à des cours d'auto-défense quand on est née poule mouillée.

Misère! Julien recommençait à me pomper l'oxygène.

— J'aurais aimé te voir! me rebiffai-je.

— Les exhibitionnistes, ils ne sont pas méchants. Ils aiment juste parader le derrière au vent pour choquer les gens. Le mieux, c'est de les ignorer complètement.

— Arrête de faire des vers, t'es fatigant! dis-je exaspérée.

— Tu m'inspires, Catherine Lemire! poursuivit-il enquiquinant.

Tam, jusqu'ici confiné dans son mutisme oriental, y alla d'un petit raclement de gorge.

— Excusez-moi, je crois que je vais partir. Il ne doit plus y avoir de danger.

Je jetai un œil par la fenêtre.

— Mais il fait noir comme chez le loup...

— Pas de problème, je l'accompagne, trancha Julien en me défiant. Les déplumés, ça me fait pas peur!

Pas lâcheur, l'animal!

— J'y vais aussi! rétorquai-je.

Et avant de changer d'idée, j'ai franchi le seuil, le menton pointé et la fesse serrée. Comme ma mère, au temps où elle était majorette de tête, sur sa photo la plus rigolote.

On se serait crus en Angleterre, dans ces films où flottent des écharpes de brume autour des lampadaires. C'était pas rassurant, mais j'ai pris les devants.

De toute façon, on n'a pas eu long à faire. À proximité d'une vitrine éclairée, Tam a annoncé:

— C'est ici. Mes parents tiennent un dépanneur.

La halte de choix! Je n'allais pas laisser passer ça.

— Je vais en profiter pour m'acheter de la réglisse noire. D'après ma mère, c'est bon pour le teint.

Il n'y avait pas foule au dépanneur des Ho. Pourtant on y trouvait le bataclan de rigueur. À l'entrée, trônait un comptoir vitré garni de bonbons: jujubes, tire-éponge, chocolat, gomme balloune, etc., de quoi vous mener en cinquième vitesse sur une chaise de dentiste!

M. Ho disposait des cartouches de cigarettes sur les tablettes, tandis que Mme Ho triait des journaux en veillant à camoufler les revues pornos. Au-dessus de l'étagère, s'inscrivait en grosses

lettres: «ICI, ON NE VEND NI CIGA-
RETTES, NI BIÈRE, NI REVUES SPÉ-
CIALISÉES AUX JEUNES». Tant qu'à
moi, ces cochonneries-là, ils peuvent les
garder, pas besoin d'en faire un plat.
Mais apparemment, dans ce genre de
commerce, si on veut des clients, il en
faut pour tous les goûts. «C'est pas rien
qu'à bazarder du lait, du pain, pis des
cannes de pois qu'ils peuvent boucler les
fins de mois», a coutume de dire mon
grand-père qui donne la chance au cou-
reur. Opinion qui n'est pas partagée par
ma grand-mère, comme d'autres nour-
rissant leurs prises de becs quoti-
diennes depuis la retraite de grand-père.
Ils aiment bien s'obstiner; ça fait partie
de leurs distractions, au même titre que
de faire leur marche de santé, la main
dans la main. Une manière de garder le
corps et l'esprit alertes...

Quand les parents de Tam se sont
mis à lui parler, c'est comique, on aurait
dit qu'ils chantaient. C'est une langue
à tons, le vietnamien. Plutôt agréable
à entendre, mais pour ce qui est de la
compréhension, c'est une autre chanson!

J'ai payé, on a salué et on est sortis. Pour oublier le trajet, j'ai tendu une tige de réglisse à Julien et je m'en suis enfournée une dans le museau pour m'empêcher de claquer des dents. Brrr! Une vraie nuit à loup-garou, sans lune, avec des frôlements partout.

Après quatre minutes de mastication silencieuse, Julien me balança une de ses déductions à la noix.

— Tu sais ce qu'on dit, Catherine, quand on a éprouvé une grande peur en expérimentant quelque chose, il faut tout de suite refaire cette même chose, sinon on reste traumatisé. Exemple: si quelqu'un a eu un accident de voiture, il doit recommencer aussitôt à conduire, autrement jamais plus il ne vaincra sa peur.

Il capotait ou quoi? Il voulait me niaiser ou me braver? Remonter la ruelle, ce soir? Autant traverser le cimetière en rampant entre les monuments. Jamais dans cent ans!

Heureusement que j'avais la bouche bourrée de réglisse, car ça lui a permis d'achever:

— Ça veut dire que dès demain, il faudra qu'on reprenne la ruelle. C'est pas

parce qu'un débile t'a montré son zizi...
En plein jour, il osera pas. Et puis, ça
serait dommage d'abandonner notre
raccourci...

Ouf! Demain, c'était un autre jour.
Demain? Pourquoi pas? J'avais le temps
de me requinquer. Pour l'instant, avec
ces feuilles mortes qui dansaient autour
de mes chevilles, regagner mon chez-
moi douillet, c'est tout ce qui importait.
J'avais eu ma dose de frissons. Ce que je
voulais, c'était ma maman et mon our-
son, bon! Je serais même redevenue
fœtus, bien pelotonnée dans un bedon!

Quand j'ai vu la lumière dans les car-
reaux, j'ai mis les gaz. Julien a enfilé
l'escalier en colimaçon, en me lançant un
«À demain!» chargé de promesses. Quant
à moi, je me suis engouffrée dans la
maison.

— D'où viens-tu? demanda ma mère,
une main à la hanche, dans sa posture
de mauvais augure.

— J'ai reconduit Tam, un gars du
cours de judo. Julien était avec nous.

— J'aimerais mieux que tu t'en
viennes directement après le cours. Avec
tout ce qui arrive...

36

— Justement, on a vu un exhibition-niste!

Ma mère a écarquillé les yeux.

— Tiens! Qu'est-ce que je disais? Où ça? Pas quelqu'un qu'on connaît, au moins? Vous vous êtes sauvés, j'espère? Faut être taré pas ordinaire! Si c'est pas honteux! Mais ça restera pas là... Y a des limites!

Ses batteries étaient chargées pour la veillée. C'était moins mélodieux que chez les Ho, mais ce soir, la voix de ma mère, même glacée, ça me faisait chaud!

3

Le marathon
de la trouille

Le lendemain, je me suis levée plutôt fripée pour un samedi. Les cheveux tire-bouchonnés et la langue ratatinée. Elvis faisait ses vocalises en se gargarisant avec l'eau de son réservoir. Je le toisais d'un œil mauvais. C'était pas sa faute, mais il avait fait partie d'un cauchemar que je n'étais pas prête d'oublier.

Je traversais un sentier bordé d'arbres aux branches crochues quand un vampire surgissait devant moi. Il commençait par ouvrir sa bouche, découvrant de longues dents pointues au bout desquelles dégoulinait un coulis de réglisse noire. Puis il ouvrait sa grande cape, découvrant un corps velu au sexe démesuré sur lequel Elvis, un vilain corbeau, était perché.

Avouez que c'est pas banal!

Effarouchée, je me mettais à courir à tombeau ouvert (ça tombe bien, non?) mais, au fur et à mesure que j'avançais, on aurait dit que mes jambes s'enlisaient dans du goudron. L'hyper-denté était sur le point de m'attraper par le collet. Je sentais déjà sa patte froide sur mon cou mouillé. Par chance, c'est là que je me suis réveillée, saucissonnée dans mes draps, avec la taie d'oreiller en guise de cagoule. Les bras de Morphée, je ne les avais pas trouvés reposants!

C'est que j'avais trop ressassé l'histoire de l'exhibitionniste avant de me mettre au lit. La faute à qui? Ma mère. Ça s'était gâté dans la soirée. Ma mère avait monté l'affaire en épingle. Elle vou-

lait à tout prix que je fasse un portrait robot de l'homme. Comme si on avait pris le temps de photographier sa fraise, non plus que sa cerise d'ailleurs! Mais elle insistait. Robert, son *chum*, est policier et il allait patrouiller le quartier.

Évidemment, je ne lui ai pas confié qu'on avait aperçu le phénomène dans la ruelle. Je n'allais pas jeter de l'huile sur le feu. Elle n'aurait pas compris pourquoi je n'empruntais pas la grand-rue comme tout le monde et elle m'aurait fait subir un interrogatoire en règle. J'ai voulu limiter les dégâts.

N'empêche, on a tellement discutaillé, que j'avais le citron tapissé d'images quand je me suis couchée. Résultat: une nuit à tourner comme une toupie. Pas étonnant qu'au petit matin, je filais un mauvais coton!

J'ai bouffé mes céréales avec des crocs de pitbull enragé. Le seul côté positif: ma rogne annulait ma peur. Mon humeur massacrante balayait toutes mes craintes. Les tordus, je les aurais mordus!

Aussi quand Julien a frappé les coups convenus dans la fenêtre du salon, ça ne m'a pas donné de coup au cœur. J'étais parée. Il voulait aller à la ruelle? Passez devant, Monsieur le Comte, je vous emboîte le pas!

— Es-tu prête pour tu sais quoi? insinua malicieusement Julien.

— Archi-prête! que j'ai aboyé.

Son bel enthousiasme baissa d'un cran. Mon agressivité me rendait frondeuse et visiblement, ça le désappointait. Il aurait préféré me voir blêmir comme un condamné à l'échafaud. Changement de programme, c'est lui qui frappait un nœud!

À la lumière du jour, la ruelle faisait moins «vendredi 13». De prime abord, il n'y avait rien pour s'alarmer. On s'y engagea le cœur léger. À mi-chemin, cependant, quand elle commença à s'ombrager, ça nous rendit songeurs.

À un certain endroit, le couloir décrit un arc; c'est là que malgré la pénombre, aussi clairement que s'il avait été phosphorescent, on distingua un bout de phrase tracé sur le mur:

«ÉVITEZ LA RUELLE, SINON...»

La menace était d'autant plus remarquable qu'elle était peinte en rouge, avec de longues traînées dans la pierre lézardée, semblable à du sang qui aurait coulé. Comme graffiti, ça faisait de l'effet. Le «SINON», surtout, était terrifiant, lourd de sous-entendus.

On ne douta pas une seconde que le message nous était destiné. À qui d'autre? puisqu'on empruntait la ruelle pratiquement tous les jours. On était en quelque sorte ses usagers. Oh! on avait aperçu à l'occasion un duo d'énergumènes en jeans sales qui parlementaient en catimini, mais jamais longtemps. Conclusion: l'avertissement nous visait. Pas surprenant, après ce qui était survenu la veille.

Mais on ne prit pas le temps de pousser davantage notre investigation, car une panique incontrôlable nous secoua le pommier. Vous savez, un peu comme un tremblement de terre... Ça débute par des picotements au bout des orteils, puis lentement les vibrations se propagent le long de la colonne vertébrale jusqu'à la racine des cheveux. Toute une secousse! Du 6,6 à l'échelle de Richter, parole!

On en a été quittes pour un nouveau marathon, la goutte dans le toupet et les jambes à notre cou. À ce rythme-là, j'allais prendre la relève de Jacqueline Gareau. Elle n'aurait qu'à me refiler le flambeau. J'essaierais de garder la cadence, même si je sais d'avance que j'aurais du mal à chausser ses bottes de sept lieues!

On a dévoré l'espace comme ça jusqu'au parc du quartier. Là, il a bien fallu arrêter, la langue nous pendait dans le gravier. À l'unisson, on s'est laissés choir sur le banc. On n'avait pas l'étoffe de super-héros, fallait le reconnaître. On donnait plutôt dans le croisement autruche-lévrier, si vous voyez ce que je veux dire!

On reprit notre souffle, pas fiérots, mais quoi, merde, on ne tournait pas *Indiana Jones*! On se mit à jongler chacun pour soi. Nos méninges émergeaient de leur caramel mou.

Après réflexion, ce n'était pas logique qu'il y ait un lien entre l'événement d'hier et celui d'aujourd'hui. Quand on est exhibitionniste, on veut se montrer, alors on n'incite pas son public à déguerpir. On lui adresse des invitations, pas des interdictions. Bizarre, bizarre!

Un petit air musical nous tira de ces pensées profondes. On entendit le même parler chantant que chez les Ho. Du reste, on n'eut pas le temps de crier «Ho!» (excusez-la!), qu'en tournant la tête, on avisa Tam assis sur un banc avec un vieil Asiatique. Ce dernier interpellait les écureuils dans sa langue d'origine pour leur offrir des cacahuètes.

Les pauvres bêtes ont beau être bilingues, elles étaient nettement dépassées. Elles ne pigeaient pas, ça se voyait à la façon dont elles dressaient fiévreusement l'oreille. Mais des cacahuètes, ça reste des cacahuètes, et il fallait être gland pour ne pas s'en emparer. Aussi, après quelques *steppettes* à la Michael Jackson, un à un, les écureuils s'approchaient et arrachaient l'arachide à l'arraché. Prudemment, quoi!

— Salut! fit Tam. Je ne vous avais pas vus.

— On vient d'arriver, justifia Julien.

— Vous avez l'air tout chose...

— Forcément, le ciel vient de nous tomber sur la tête, que j'ai exagéré (j'ai une tendance; personne n'est parfait).

Ou Tam n'est pas très curieux ou il est très poli, car il se contenta de nous présenter son grand-père.

Le vieil homme nous sourit de ses petits yeux fendus et pieusement, nous dit:

— Il ne faut pas avoir peur, la menace est l'arme des lâches.

Un devin! Et ma mère qui, depuis une éternité, se fait tirer aux cartes, au thé, aux tarots (et aussi les vers du nez) par des voyantes diplômées qui la mènent en bateau! Chapeau pour l'honorable Ho!

Après avoir été déculottés pendant un instant (mais pas autant que l'exhibitionniste), on revint les deux pieds sur terre. Au lieu de me pâmer, si j'avais écouté la suite, je me serais rendu compte que le grand-père de Tam n'avait rien d'un sorcier.

La veille, Tam lui avait raconté notre mésaventure et son grand-père avait voulu voir la ruelle. Tôt, le matin, il s'y était pointé avec son petit-fils. Sa première réaction avait été de déconseiller à

Tam d'y retourner, mais après avoir lu les mots sur le mur, il avait changé d'opinion. Il ne fallait pas céder à la menace. La ruelle cachait des activités douteuses, puisqu'on voulait n'y voir personne. Quelque chose de malhonnête s'y tramait et ça, il fallait s'en occuper.

Selon lui, alerter la police n'était pas la meilleure solution. Les policiers étaient souvent aussi discrets que des pompiers. Ils auraient vite fait de mettre la puce à l'oreille aux malfaisants. Par ailleurs, la police comptait parfois des gens de connivence avec le milieu; et puis, de toute manière, ils avaient d'autres chats à fouetter, les gardiens de l'ordre.

C'était plus ou moins flatteur à l'endroit des policiers. Le *chum* de ma mère en aurait pris pour son rhume! Mais je crois que dans le fin fond, le grand-père de Tam s'ennuyait et que la perspective de mener une petite enquête l'émoustillait. Il se découvrait l'âme d'un samouraï, pépé Ho; envisageait une version revue et corrigée des quatre mousquetaires. J'avais rien contre, pour une fois qu'on pouvait se mettre une vraie aventure sous la dent!

— Il ne faut pas se laisser intimider; la ruelle appartient à tout le monde! Retournons là-bas et forgeons un plan! clama-t-il de son ton modulé.

L'union faisant la force, on s'y rendit le front haut et l'allure fringante, comme des grévistes du gouvernement (ma mère est fonctionnaire et déléguée syndicale, je sais de quoi je parle!).

Parvenu au cœur de la ruelle et du litige, notre commando stoppa pour réfléchir.

Le message sanguinolent était toujours là sur le mur, menaçant mais aussi provocant. On avait pris soin de ne pas l'écrire à l'embouchure de la ruelle, mais là où elle fait un coude, un recoin propice aux combines.

— On pourrait se dissimuler là-dedans, proposa Julien en repérant un soupirail.

On avisa la vitre piquetée et poussiéreuse, recouverte d'une grille ébréchée.

— C'est un entrepôt désaffecté... complétai-je.

— Sage, très sage, apprécia grand-père Ho. Essayons d'entrer.

On arracha la broche; les pentures rouillées cédèrent sans peine, de même qu'un carton rongé par l'humidité. Étant tous menus, on se faufila par l'ouverture pour atterrir sur une pile de caisses juste à la bonne hauteur pour épier. La cachette rêvée!

— Replaçons le soupirail pour nous camoufler, conseilla grand-père Ho en homme d'expérience.

Physiquement, il n'avait rien d'un Rambo, mais on devinait ce petit vieillard futé et ingénieux. Il devait en avoir vu des vertes et des pas mûres; peut-être même qu'il avait déjà eu à se cacher, à ruser pour se protéger. Ça se pressentait. On devait bientôt réaliser qu'on n'était pas loin de la vérité.

Dans notre tanière où ne filtrait qu'un rai de lumière, une atmosphère de confidence s'établit lentement. La pénombre, nos chuchotements, nos visages rapprochés, tout ça créa une complicité.

Sans se le dire, on entreprit de faire le guet immédiatement, comme si on se trouvait bien ensemble, tapis dans l'ombre, coude à coude.

C'est là qu'après un certain temps, le visage de grand-père Ho s'assombrit. Il n'avait plus rien en commun avec ceux des pays du Soleil Levant. Les pommettes pointues, les yeux plissés, la bouche moqueuse, tout parut soudain s'affaisser. On sentait que de vilains souvenirs défilaient dans sa tête. On entrevoyait lesquels, car Tam nous avait mentionné qu'il avait perdu plusieurs membres de sa famille pendant la guerre du Vietnam.

Des images et des sons nous revenaient à nous aussi, ceux de reportages et de films de violence: le sifflement de bombes, l'éclatement d'obus, l'incendie de maisons, le crépitement de mitraillettes, la course échevelée d'hommes, de femmes et d'enfants traqués, torturés, abattus. La cruauté crue.

Moi qui aime le cinéma-choc, les films de guerre me rebutent. C'est trop démentiel cette tuerie aveugle, cette destruction acharnée. Ça ne devrait pas exister. D'autant que ça laisse tout le monde amer. Il n'y a ni bons ni méchants, que des victimes des deux bords. Les vaincus, les vainqueurs, tous en ont gros sur le cœur! Ne subsistent que des orphelins, des gens mutilés et déboussolés au milieu de ruines.

«Quand les hommes vivront d'amour...», un de ces jours. C'est peut-être eux les vrais héros, ceux qui chantent la paix, comme ce Raymond Lévesque que j'ai appris à connaître à travers les disques de mon père.

D'une voix chevrotante, grand-père Ho nous parla de son exil, de ce petit pays en forme de lacet, ballotté par des guerres incessantes et qu'il avait quitté avant que les choses n'empirent, pendant qu'il le pouvait. Ça remontait à bien longtemps et il s'en était tiré indemne. Ce ne fut pas le cas pour le reste de ses proches. Pendant la guerre du Vietnam, tous périrent à l'exception d'un de ses frères, Binh, qui tenta de fuir avec sa femme et sa fille. Des «réfugiés de la mer», qu'on les appelait. Leur exil à eux fut infernal. Non seulement ils passèrent plusieurs mois dans des camps infects, mais pour s'y rendre, ils avaient dû affronter les tempêtes, les pillages, les viols et la famine. C'est pas mêlant, à peine un tiers des fugitifs survécurent au voyage. Pas précisément «la croisière s'amuse», hein!

Quand Binh rejoignit enfin son frère au Canada, il était seul; sa femme et sa fille n'avaient pas tenu le coup. Quelques mois plus tard, miné par la maladie et le chagrin, il mourait à son tour, sans avoir joui de la sécurité retrouvée.

— Le peuple québécois s'est montré généreux. Il a parrainé beaucoup de nos compatriotes. Nous leur en sommes reconnaissants, articula grand-père Ho en baissant la tête.

Julien et moi, on l'a baissée aussi, mais pour une autre raison. On se plaint tout le temps, pourtant la vraie misère, on ne sait pas ce que c'est. Et puis, je ne peux pas le jurer, mais je crois que Julien pensait à son père qui est dans l'armée... Il ne savait plus s'il devait être fier, désolé ou inquiet pour lui. Ça vous brasse les tripes des histoires pareilles!

Comme on avait le pif entre les jambes, un peu plus et on manquait deux paires d'espadrilles crasseuses stoppées en plein devant le soupirail. Heureusement qu'à défaut d'avoir l'œil ouvert, on n'avait pas le nez bouché!

Vif comme un chat, grand-père Ho nous fit signe de ne pas faire de bruit. Alors on est restés figés et on a ouvert en grand nos feuilles de chou.

4

Les fricotages

— T'as la poudre? questionna une voix éraillée.

— Mets-en! répondit une voix nasillarde. Près de deux onces. Pis de la tamisée à part ça!

— J'espère, parce que la dernière fois, il y a des clients qui se sont plaints. Au prix que je leur vends la marchandise...

— C'est pas tout, demain, je vais en avoir le double!

— Je prendrai ma part ici, comme prévu, à sept heures.

Le soupirail devenait un théâtre miniature. Ça me faisait penser à un dessin animé de Walt Disney dans lequel les personnages étaient interprétés par des souliers qui bavardaient en prenant le thé.

Deuxième acte.

— Tu t'es débarrassé des avortons qui traînaient dans la ruelle? demanda le *Converse* à semelles ravagées.

— T'en fais pas pour ça, reprit l'*Adidas* mité. Hier, Max leur a fait un show gratis. Je pense pas qu'ils reviennent de sitôt! De toute façon, je leur ai écrit un mot sur le mur. Pis c'est pas une invitation.

— Correct, acquiesça la savate noire en se grattant le mollet.

Nous aussi, on avait des picotements dans les cannes, mais on ne bougeait pas d'un orteil.

— On tire une touche, pour changer? proposa la godasse aux bas ravalés.

— Envoie donc! fit sa vis-à-vis au *jeans* effiloché.

À partir de là, petite séance de bruitage. Froissement de poche. Déclic de briquet. Tétée d'allumage. Profonde inhalation. Quinte de toux. Expiration de connaisseur. Satisfaction assurée!

Bientôt, la fumée et l'odeur particulière de la marijuana s'insinua par le soupirail. Je me pinçai le nez, ce n'était pas le moment d'éternuer.

Et la conversation se poursuivit entre les deux vendeurs de drogue, car on les avait vus venir avec leurs gros sabots: c'était des trafiquants. Décontractés, ils discutaient le bout de gras.

Et on eut droit au troisième acte.

— Dis ce que tu voudras, c'est bête que ce soient ceux qui consomment le plus qui ont le moins les moyens de payer. Y en a, je les ferais marcher sur la tête pour un milligramme. Y me font presque pitié, mais les affaires sont les affaires, hein?

— C'est ça qui est ça, ratifia son interlocuteur avisé.

Nouvelles bouffées de dégustation.

— Pour les habitués qui ont du foin, ça me prend du bon stock. Pour les tout-nus pis le tourisme, c'est autre chose, je peux leur refiler de l'*Ajax*.

Belle mentalité. Il faut du talent pour escroquer dans l'escroquerie. Ou être à la fois pigeon et vautour.

— Tu peux faire ce que tu veux sur ton territoire. Tes clients, ça te regarde. Moi, pour autant que l'argent rentre, débita son fournisseur mal embouché.

— Ouais, pas toujours facile de collecter quelqu'un qui est en manque. Encore moins quand le voyage se termine chez Saint-Pierre...

— C'est ton problème, chose.

Plus sympathique que ça, tu meurs!

— Dans les écoles, les blancs-becs se déniaisent-tu un peu?

— J'ai des bons petits pushers sur place. Ils essaient de racoler ceux qui sont encore à la colle, t'sais!

Rire idiot.

— Ce qui nous fourre, c'est leur maudite campagne anti-drogue. Avec ça, les morveux se méfient. Mais il y a toujours moyen de moyenner, surtout quand ils voient que même les athlètes se dopent.

Rire épais.

— Ouais, ils font notre publicité, ceux-là. Même disqualifiés, ils prouvent que, par les temps qui courent, c'est la

60

seule manière de devenir champion. Nos «sachets chanceux» sont plus sûrs que ceux de la loto. C'est ça qu'il faut rentrer dans la tête des jeunes!

— Facile à dire. Tu comprends, faut pas leur pousser dans le dos. Le joint, la ligne... Leur laisser le temps de s'accoutumer... Pis y a les mouchards qui te mettent des bâtons dans les roues.

— Tu te démerdes!

— On sait ben, toi, t'as plus de contact direct avec les quémandeurs, t'as la belle job à c't'heure.

— J'ai fait mes preuves, décréta le promu en ponctuant son affirmation d'un gros crachat jaune qui foira sur le bord du soupirail.

Il faut avoir le cœur solide pour faire de l'espionnage.

Suivit le mégot, indiquant que la causette tirait sur sa fin.

— Bon, c'est le fun de se geler, mais j'ai pas fini mes livraisons. J'ai encore l'ouest à arpenter.

— Arrête, tu vas me faire brailler!

— Ta gueule, le taon!

— Tchao, la bulle!

Rideau.

Un vrai scénario de mafioso. De ceux dans lesquels les durs de durs ont des surnoms mignons et alternent les mots doux avec les taloches. Là-dessus, les deux galoches puantes tournèrent les talons.

On entendit le démarrage pétéradant d'une moto à une extrémité de la ruelle. Des Hell's Angels, peut-être? Avec tatouages, veste de cuir, boucles d'oreilles, cheveux rasés ou en queue de cheval sous leur casque de Martien funèbre? Tout ça, on ne pouvait que l'imaginer, car on n'avait vu que leurs petons dégueux. Plutôt mince pour une identification. Mais on savait qu'ils allaient revenir le lendemain à sept heures. Ça, c'était du tuyau surchoix! La police s'en délecterait. Il suffisait de les mettre au parfum (pieds crottés et caoutchouc surchauffé). À l'heure dite, ils rappliqueraient avec leur panier à salade et récolteraient nos deux cornichons pour les faire passer à table.

En équilibre sur notre arrière-train, Julien, Tam et moi, on observait grand-père Ho pour la suite des opérations. Même ankylosés, on restait là, immobiles, comme le chien guettant la voix de son maître devant le phono, sur les vieux 78 tours dans mon grenier. Allait-on suivre les comploteurs ou alerter la police? La décision de grand-père Ho serait la nôtre. Il avait notre confiance. On savait qu'il n'était pas le genre à se faire hara-kiri pour un pet de travers.

Au moment où il allait révéler ses intentions, un bruit de chaînes l'enterra. Un second orifice, beaucoup plus grand, s'ouvrit et nous laissa nous-mêmes bouche bée. À l'autre extrémité de l'entre-pôt, un portail bascula comme ceux des garages. De la lumière fusa au fond, entre les caisses où nous nous tenions accroupis.

Allô, entrepôt désaffecté! Il arrivait du monde et c'était pas des fantômes! Nos genoux commencèrent à faire bravo et on n'était pas dans la position idéale pour ça. Pour ma part, je ne devais pas avoir l'air plus découragée lorsqu'à deux ans, j'étais assise sur mon petit pot!

Si on s'attendait à ça! Un autre mic-mac! Trois types poussaient une voiture à l'intérieur de l'entrepôt. Et rien qu'à leur fougue et aux regards anxieux qu'ils jetaient à gauche et à droite, on se doutait que c'était pas pour effectuer un changement d'huile!

Ils actionnèrent un commutateur et s'empressèrent de refermer le panneau. Puis un patapouf, la ceinture en bas du ventre, prit la parole en s'épongeant avec un mouchoir. Il n'avait pas l'air aux oiseaux.

— Ça fait cent fois que je vous le dis: le jour, c'est trop dangereux!

— On n'avait pas le choix, objecta un moustachu aux biceps gonflés à l'hélium. Et pis, t'as vu les pare-chocs «Mitsou»? siffla-t-il.

L'auto nickelée étincelait comme dans les «commerciaux».

— Bon, au boulot! prescrit M. Muscle. Plus vite elle sera démontée, mieux ce sera. Gus est censé nous en livrer une deuxième avant souper. Faut se grouiller.

Ils décrochèrent des salopettes qui pendaient à un clou, les enfilèrent presto et se mirent en branle. On voyait qu'ils n'en étaient pas à leurs premières armes. Chacun semblait connaître sa tâche. À part ça, ils étaient outillés en pros: chalumeaux, marteaux et clés variées. Munis de cet arsenal, ils se mirent à pied d'œuvre. Le travail à la chaîne! Ça déboulonnait à tout va. Les préposés au montage de l'usine GM? Des escargots, à côté! Eux, c'était des piranhas sur un morceau de viande. Déjà, la carcasse de l'automobile se dégageait.

Impressionnant. La preuve: on restait paralysés, hypnotisés par la performance. Même le ventru figurait dans ce film en accéléré. L'action paraissait l'avoir rendu moins grincheux. Il lança au troisième compère:

— Mets donc un peu de musique, Charlie, pendant que la radio peut encore servir!

Un rock hyper-capoté éclata et le bedonnant se mit à se démener comme une baleine harponnée. Pour une courte durée, heureusement.

— Éteins ça! ordonna le culturiste. On fait assez de bruit de même. Pas besoin de *heavy metal* par-dessus le marché! Tu peux ben parler de prudence, gros lard!

— C'est insonorisé, gros bras! regimba l'insulté du tac au tac.

— Écrase! Vaut mieux se dépêcher. Garde tes énergies pour la corvée.

Le suiffeux haussa les épaules et se remit docilement à disséquer.

Trois fourmis sur un cube de sucre (si ça continue, je vais passer tout le zoo!). Leur acharnement me rappelait un lave-o-thon auquel j'avais participé, un été, en vue d'amasser des fonds pour le scoutisme.

On était une dizaine. Mathieu Lapointe faisait l'homme sandwich à l'entrée du garage, avec sur le devant et l'arrière, une pancarte de sollicitation. C'était la canicule et les automobilistes n'avaient pas le goût de s'arrêter. Plutôt d'aller vite pour se faire du vent. Mais il y en avait bien un par-ci, par-là, qui se laissait gagner. Alors on se jetait sur sa voiture comme des malades.

La bagnole avait droit au grand lavement! Pas un centimètre qui n'était fourbi. On chantait, se bousculait, s'éclaboussait, mais aussi, on frottait, savonnait, arrosait et astiquait avec ardeur. À la fin, tout dégouttait. L'auto et nous avec. Sans parler du malheureux chauffeur, prisonnier dans son véhicule, rouge comme un homard, littéralement asphyxié. Son auto avait viré en sauna, car pas question pour lui de baisser la vitre, alors là, il se serait noyé! Bilan: si l'auto brillait comme un sou neuf, son propriétaire, lui, n'était pas reluisant!

Nos «lutins du père Noël» continuaient rondement leur besogne. Le dépeçage systématique. Les ailes, les portes, le capot, le coffre, alouette! L'auto perdait ses plumes.

Soudain, le dénommé Charlie se détacha du trio pour se diriger vers un distributeur automatique esquinté. Il lui administra son 12-1/2 clouté dans la tôle et une canette déboula. Il la décapsula, but une rasade, se torcha avec sa manche graisseuse et émit un rot sonore. Il s'avança ensuite vers les caisses empilées. Pas mal de pièces avaient été détachées et il s'apprêtait probablement à entamer le rangement. Par chance, on était complètement à l'arrière, ensevelis. D'ailleurs, on faisait le mort, guettant le moment propice pour repasser par le soupirail, ni vu ni connu, avant que la seconde voiture n'arrive. Son démantèlement nécessiterait davantage de caisses et alors, vaudrait mieux avoir décollé!

Charlie, qui avait une face de belette pas rassurante, tira à lui une couple de boîtes. De peur que les nôtres vacillent, j'appuyai ma main à l'intérieur d'une caisse. Curieusement, mes doigts touchèrent une petite masse velue. Le cœur en gibelotte, je la retirai sur-le-champ! J'ouvris des lampions démesurés et je vis alors une souris. Perdue dans le labyrinthe des caisses, elle s'était sans doute blottie là, attendant, comme nous, le moment opportun pour s'évader.

Les yeux sortis de la tête, je ne pus m'empêcher de pousser un «Ahhhhhh!». Heureusement, mon cri coïncida avec le fracas de la clé pneumatique dont le costaud se servait pour dévisser un pneu. Mais mon malheur ne s'arrêta pas là! Se voyant découverte, la souris se faufila à l'intérieur de ma jambe de pantalon. Grand-père Ho qui avait suivi le manège, l'emprisonna en empoignant vivement le tissu dans une de ses mains. Il avait déjà appliqué l'autre sur ma bouche et me fixait intensément.

Je compris qu'il ne fallait absolument pas que je crie à nouveau. Mais vous vous imaginez, vous, avec un rongeur dans votre linge! Pourtant grand-père Ho parvint à me faire tenir le corps raide et les oreilles molles. Un tour de force. Doucement, il enleva sa main de ma bouche. Moi, sous le magnétisme, j'essayais de penser à Jules, un hamster que j'ai eu pendant des années. Je remâchais: «C'est Jules qui me fait une farce. Jujules qui me chatouille. Y a rien là!» Je me conditionnais tant bien que mal, le front en accordéon, les cordes vocales tendues comme le violon, les dents qui jouaient des castagnettes et les flûtes qui valsaient avec! Concerto déconcertant!

Avec fermeté, grand-père Ho tenait le petit renflement de mon pantalon. La souris ne pouvait pas frétiller, à peine émettre des «couic! couic!» faiblards. Mollo, grand-père Ho éleva sa main libre. Du revers, il donna un coup sec et vif sur la bosse de mon pantalon. La souris fut éjectée et tomba, étourdie, entre les fentes des boîtes.

Le soulagement! Je pensais faire la toile. Mais c'était surtout pas le moment. Sur sa lancée, grand-père Ho nous chuchota:

— À chaque pneu, un de vous va passer par le soupirail.

Et il y alla d'un geste impérieux.

«Taratatatatata...» fit l'outil actionné par l'armoire à glace. Julien enjamba le soupirail. Quelques minutes s'écoulèrent et une autre décharge retentit, me permettant de sortir à mon tour. À la troisième semonce, ce fut à Tam.

On se faisait du sang de punaise pour grand-père Ho. Inutilement. En souplesse, sans la moindre anicroche, il se coula par le soupirail et nous rejoignit.

La panthère jaune!

5

Le grand épinglage

Survoltés par nos péripéties, on revint au parc comme un boomerang. Même qu'on chahuta une bande de pigeons qui batifolaient allègrement dans une mare. Moins audacieux que leurs cousins d'outre-mer. Ceux-là, ils sont effrontés en titi! J'ai vu ça sur les photos de voyage de noces de mes parents en Italie. Place Saint-Marc, à Venise, il y en a une peste! Tu tends la main pour voir s'il pleut, ils se jettent dessus! La passe de l'épouvantail, impossible! Faut dire qu'ils sont des milliers. Un poulailler à ciel ouvert. De quoi faire rêver Monsieur Saint-Hubert Bar-B-Q...

Mais revenons à nos vilains moineaux. La parenthèse, c'est mon seul défaut. Personne n'est parfait.

Je disais qu'on avait rallié le parc à tire-d'ailes. Repérer du même coup un réseau de trafiquants de drogues et de voleurs d'autos, c'est pas rien! On se sentait dépassés par les événements. Le morceau devenait trop gros et grand-père Ho n'eut pas à nous faire un dessin. Il valait mieux céder le pas à plus experts que soi. Il fallait prévenir la police!

— Pas besoin d'aller au poste, que j'ai claironné. Robert, le *chum* de ma mère, doit être à la maison à cette heure-ci. Il est policier.

— Allons-y, décida grand-père Ho.

Chemin faisant, Julien me fit une fleur à l'improviste:

— O.K., Catherine, je laisserai plus entendre que tu es pisseuse. Moi, avec un mulot dans mes culottes, je crois que j'aurais été le premier à m'échapper...

74

Il enchaîna pour bâcler le compliment:

— Tu sais, l'auto, c'est celle de M. Comeau.

— T'es sûr!?, m'exclamai-je.

M. Comeau, c'était le père de la famille d'accueil de Julien. Il travaillait dans la vente et conduisait une grosse bagnole pour impressionner les clients. «Pour le standing», argumentait-il. Julien l'interprétait autrement: «Le père Comeau pète plus haut que le trou, comme son fils, Éric, un maudit snob!» Même s'il était plus jeune que lui, Éric le narguait souvent, ce qui mettait Julien dans tous ses états. Des pensées maussades devaient vadrouiller dans son ciboulot, style: «Ils sont payés pour m'endurer. Si je peux débarrasser le plancher!» Pour leur rendre la monnaie de leur pièce, il les traitait de famille «Slomo» et mâchonnait des «gnangnangnan» dans leur dos.

Ça jouait dur.

— J'ai reconnu la plaque frontale avec le nom de la compagnie de M. Comeau, continua Julien. Il l'installe pour se faire de la publicité. Il venait juste de changer de modèle, avec des options qui lui ont coûté une beurrée! Je peux pas me tromper, j'ai même aperçu sa mallette sur la banquette avant.

— Et bah... concluai-je pertinemment.

Sur ces nouvelles révélations, au pas de charge, notre délégation gravit les marches du perron. En entrant, je lançai un retentissant «Bonjour, la Police!» à l'endroit de Robert.

Je faisais ma fendante devant les autres, parce qu'habituellement, j'avais plutôt le grain serré avec lui. Il y avait un froid. On ne savait pas trop comment se prendre. On se jaugeait par en dessous. Je figurais ainsi son raisonnement: «Qu'est-ce que je peux bien faire pour la gagner, la petite?» ou «Si seulement elle était moins teigne, celle-là. Toujours dans les parages quand je viens voir sa mère!» Pas le seul, Julien, à ruminer des aigreurs...

Dans cet état d'esprit, il n'était pas facile de me faire des guiliguili, je vous le garantis. Pour les risettes, il fallait repasser! Ce poseur de contraventions avait pris la place de mon père; à mes yeux, c'était un emberlificoteur et ça me chiffonnait maintenant de lui déballer nos précieux renseignements. Je me disais qu'il en profiterait au max pour s'attribuer le crédit en vue d'une promotion. Je regrettais de ne pas avoir tourné ma langue sept fois avant de le proposer. Quand on veut faire la fine...

Mais il était trop tard. À peine les présentations faites que déjà grand-père Ho, secondé par Tam et Julien, lui racontait tout par le menu. Robert en salivait presque. Tu parles, des détails aussi juteux! Pas nécessaire d'être rapide comme l'éclair pour comprendre qu'il pouvait faire une prise du tonnerre!

— Vous êtes sûrs de ce que vous dites? postillonna-t-il.

— Tout est la vérité, reprit gravement grand-père Ho.

— Dans ce cas, il n'y a pas une seconde à perdre!

Il mit sa casquette, ficha son bâton dans sa ceinture et fila en trombe.

«Ce sera le meilleur tour de ma vie!», devait-il jubiler par en dedans. Comme Panpan, l'empoisonneur juré de Pépinot et Capucine. Vous savez, les célèbres marionnettes des années 50. Les toutes premières, selon ma mère, celles qui ont

égayé son enfance. Ancêtres de Bobi-
nette, Cannelle, Pruneau et Cie. À un
anniversaire, ma mère les avait déni-
chées dans une boutique et me les avait
offertes. Ça lui faisait un velours. Elle in-
ventait des petites pièces pour m'amu-
ser, mais je soupçonnais qu'elle se réga-
lait plus que moi. Tour à tour, elle se mettait dans la peau des personnages, ce
qui fait que je connais leurs expressions.

C'était l'heure du souper. Après avoir
cérémonieusement salué ma mère, Tam
et son grand-père se retirèrent sur la
pointe des pieds. Ça contrastait avec
Julien qui montait pesamment l'escalier
des Comeau. Une éléphante enceinte de
six ans et demi. Les murs branlaient.

— Peux-tu mettre la nappe, mam'zelle
Jobidon, plaisanta ma mère.

Elle était toujours en train de me
sortir des vieilleries du temps de sa jeu-
nesse. De coutume, ça piquait ma curio-
sité et je lui demandais de m'en parler.
Là, j'étais écœurée, tannée. Notre belle
aventure finissait en queue de poisson.
Kaputt! Terminus! Cul-de-sac!

Je dressai la table comme une
automate, puis je pris la direction de

ma chambre. Elvis retroussa sa huppe en me voyant. Je lui faisais encore de l'effet, à celui-là! Je le sortis de sa cage et le mis sur mon épaule comme lorsque je fais mes devoirs. Il me bécota le cou.

J'insérai une cassette de Marie-Denise Pelletier dans mon baladeur et je m'assis en indien sur mon lit. Il fallait que je me change les idées. J'aimais la chanson «Tous les cris, les S.O.S.» et je songeais que si je me teignais les cheveux en orange, moi aussi, peut-être que ça me défoulerait.

— Qu'est-ce que tu fabriques? demanda ma mère en entrouvrant ma porte. Viens manger. J'ai fait un macaroni au fromage, gratiné, à ton goût.

— J'ai pas faim, soupirai-je.

— Voyons, qu'est-ce que t'as, ma cascadeuse? Les émotions, c'est supposé creuser l'estomac. T'as bien le caquet bas. Tu devrais être aux anges. Tes amis et toi, vous allez permettre à la police d'appréhender des bandits. Je dois admettre que j'aime pas beaucoup ce genre d'expédition. Te mettre en danger comme ça... Enfin, l'essentiel, c'est que tout tourne pour le mieux. Je suis fière de toi. Allez, viens manger! Ça va te remettre sur le piton!

Et elle me tirait par les bras. Par chance, on sonna à la porte. Elle soupira à son tour et partit répondre. J'allais enfin pouvoir écouter ma musique. Du moins, je le croyais, mais elle revint au trot.

— C'est Robert. Il voudrait te parler.

«Bon, il veut presser le citron complètement...», que j'ai râlé.

Comme je lambinais, il se présenta dans le chambranle. Grave aux portes, le flic!

— Salut, Catherine! Le dispositif est en place pour prendre vos marsouins. Je me demandais si ça t'intéresserait pas de m'accompagner. À distance, on pourrait suivre le déroulement des opérations. Après tout, c'est ton coup de filet, à toi et à tes amis. Si ça marche sur des roulettes, vous allez devenir des héros! Aïe! la fille de ma blonde. Mes *chums* en reviennent pas!

Elvis se mit à glapir: «Assez! Assez!». Moi, j'aurais plutôt trompeté: «Encore! Encore!». Même que si j'avais eu une crête sur le crâne, elle aurait redressé, elle avec!

O

Mettons que j'avais été un peu baveuse avec Robert. Je ne pouvais pas deviner que sous ses dehors constipés et ses regards obliques, se cachait un type bien. Enfin, pas pire.

Avez-vous déjà fait un tour à bord d'une auto-patrouille? Un tour d'agrément, s'entend! On se sent au-dessus de ses affaires là-dedans.

Entre les sièges baquets, il y a une carabine de calibre 12, encadrée de deux lampes de poche. Sous le tableau de bord, un poste émetteur est encastré, de même qu'une boîte rouge qui sert à contrôler les divers clignotants. Le système de lumières est très complexe dans une voiture de police. Selon Robert, ça prendrait une semaine à un technicien pour installer les fils. Une plaque d'acier et un plexiglas séparent les banquettes avant de celles d'en arrière où reposent deux vestes anti-balles.

On sillonna quelques rues, fiers comme Ben Hur dans son char victorieux. On croisa des automobilistes empêtrés à attacher leur ceinture de sécurité; d'autres qui se mirent à rouler très lentement ou à pondre des stops de trois minutes. Les rouli-roulants disparurent des trottoirs. Les punks rasèrent les murs. Tout le monde devint super-stylé! Quand la loi passe, ça se tasse!

— On va filer au poste et changer de voiture pour une auto fantôme, m'informa Robert. Ça va moins attirer l'attention pour faire le guet.

On accéléra et Robert me fit actionner la «cerise». Super!

On stationna dans la cour du poste de police pour se déménager dans une voiture grise. À part une fine antenne et des phares discrets dans la vitre arrière, elle aurait pu passer pour l'auto de votre grand-oncle en visite.

— Ce serait chouette si Julien, Tam et son grand-père venaient avec nous, remarquai-je à brûle-pourpoint.

— Bonne idée! acquiesça Robert sans réserve, et il braqua son volant.

La tête de mes compagnons lorsque, tour à tour, on les embarqua! L'aventure se poursuivait et visiblement, ils étaient d'équerre!

Une fois la «gang» à bord, Robert manœuvra à travers des rues secondaires et se gara non loin de l'entrepôt, là où le premier coup de filet devait normalement avoir lieu. Sur les toits, des tireurs s'embusquaient et surveillaient le secteur comme du lait sur le feu.

Commença l'attente. Paraît qu'elle est bien longue pour les policiers en devoir. Dans les cas de filature, par exemple, il vaut mieux se munir de sandwichs et même d'un contenant pour faire pipi. Ça ne ressemble pas à du James Bond, ça! Lui, on dirait qu'il n'a pas de vessie!

À force de poireauter, Julien, Tam et moi, on commençait à «faire sardines» à l'arrière. Par bonheur, le dénommé Gus, celui qui devait livrer la seconde voiture à démantibuler (enfin on supposait que c'était l'individu), se pointa comme prévu. Il était au volant d'une superbe voiture sport.

— Selon les statistiques, savez-vous qu'il y a une auto volée toutes les vingt minutes? Les gens ne prennent pas assez de précautions, signala Robert.

En roulant façon corbillard, Gus stoppa devant l'entrepôt. S'abstenant de klaxonner, il s'en fut cogner au portail. Comme par magie, la porte s'ouvrit!

Pour les policiers, c'était le signal de l'assaut. Un essaim d'agents surgit, dard en main. L'effet surprise fit matraque. Très vite, ils maîtrisèrent la situation et alignèrent nos arnaqueurs les mains sur la tête. Fini de jouer au *légo* avec les autos! Le bouffi transpirait plus que jamais. Le costaud maugréait. Charlie et Gus gesticulaient. Les policiers enfilèrent les filous dans un fourgon et pesèrent sur le champignon.

Tout ça tambour battant, sans bavure, dans un synchronisme parfait. Là, on se serait vraiment cru au cinéma! Il fallait que l'opération se fasse en un tournemain, car le deuxième agrafage, celui de la ruelle, pressait.

En fin renard, Robert rangea la voiture à l'écart, non loin de l'entrée du terrier.

Il était sept heures moins des poussières. L'impatience nous grignotait les fesses comme un nid de fourmis, quand on vit un type en *jeans* pénétrer dans l'allée. La radio grésilla: un second gars venait de s'engager à l'autre bout du passage. C'est beau la ponctualité, mais nos deux énergumènes allaient se rendre compte que cette fois-ci, ils auraient eu intérêt à louper leur rendez-vous!

La transaction fut expéditive. Notre type ressortit en se déhanchant. Il n'eut pas le loisir de se pavaner beaucoup: deux policiers l'interceptèrent et lui passèrent les menottes sans crier gare. Pour lui, la ruelle devenait une impasse.

— Son petit copain, ils vont le suivre pour savoir à qui il va remettre le paiement, couronna Robert. Nous, on va retourner au poste. Je crois bien que vous allez avoir droit aux flashes de ces messieurs les journalistes!

Quand on fut en vue de l'hôtel de ville, Robert fit tournicoter les gyrophares et hurler la sirène. Ne manquaient que des motocyclistes de chaque bord pour croire à une visite royale!

Pour la police, c'était une prise colossale. Du flagrant délit pur fruit. On put remonter les filières, effectuer des saisies et coffrer des tireurs de ficelles. Deux rafles en rafales, ça virait au festival! Au poste, ça se pétait les bretelles!

Pour Tam et son grand-père aussi, l'affaire fut *ketchup*! Depuis son ouverture dans le quartier, le dépanneur des Ho était peu fréquenté, pour ne pas dire boycotté parce qu'il appartenait à des «émigrés», ainsi qu'on les qualifiait. On préférait faire un détour pour encourager un «compatriote», même chérot. Moche! Depuis qu'ils étaient au pays, les Ho aussi étaient nos compatriotes et après ce que plusieurs des leurs avaient vécu, on aurait mieux fait de les aider plutôt que de les «caler». Mais allez donc expliquer ça à des racistes, toujours à se trouver le nombril plus rond que les autres. Côté ouverture d'esprit, ils ne craignent pas les courant d'air, ces bouchés! Enfin, à la suite de la participation de Tam et de son grand-père aux arrestations spectaculaires, on les voyait d'un autre œil. On se présentait à leur magasin, penaud. Pour se racheter, on achetait! Le vent avait tourné. Le problème, ce n'était plus de les «adopter», mais de se faire «adopter» par eux.

En ce qui concerne Julien, son ciel itou s'était fendu d'une belle éclaircie. Il rayonnait. En rendant aux Comeau un sacré service, il avait l'impression d'être moins en dette envers eux. La mallette contenait des documents importants que M. Comeau fut soulagé de récupérer. Quant à son fils, Éric, continuellement à craquer Julien, ça lui riva son clou. Julien craignait que ça décline en jalousie, mais non, Éric est fier de lui et quand il raconte l'exploit à ses amis, il l'appelle à présent «son frère». «Pour que ça fasse plus court...», prétexte-t-il.

De mon côté, la tournure des événements me permit d'apprécier davantage Robert. À mon père, ça démontra qu'une jolie fille (je cite le journal) peut s'intéresser à autre chose qu'aux fanfreluches et vivre des aventures captivantes.

Moi, je ne déteste pas les honneurs. Peut-être même que je suis faite pour! J'ai pas haï le tapis rouge, les séances de photo, l'interview et les éditoriaux. Voir sa binette faire les manchettes, ça vous mousse un ego! Même que ça m'a fait sérieusement envisager une carrière artistique.

Mais, au «point de vue subtilité et modestie, j'ai encore des croûtes à manger», a charrié ma mère. Et elle a remis ça avec mon vocabulaire soi-disant limité, et tout et tout. Vous vous rendez compte! Moi, la bolle de l'école en rédaction! De la «graine d'écrivaine», que prophétise mon père. Moâ!

Ma mère se fit aussi de la bile pour les clichés dans les journaux. Elle redoutait qu'ils ne nous exposent à des ennuis dans le futur. La police la rassura. Les fripouilles en avaient pour un bail derrière les barreaux et ils n'auraient pas envie de se compromettre en sortant. C'est plutôt leurs associés qui les savonneraient pour leurs imprudences. Notre conduite courageuse, notre «acte de civisme» servirait d'exemple à la population. Celle-ci serait moins réticente à collaborer avec le corps policier. Bref, on passa pour des as!

Ça épata ma grand-mère qui dit toujours que je suis un deux de pique!

6

L'entourloupette

Vu qu'on était partis pour la gloire, je m'attendais dorénavant à être traitée aux petits oignons par mon père et ma mère, avec gants blancs et permissions accordées d'avance. Après tout, c'est pas tous les parents qui peuvent se vanter d'avoir une fille à l'honneur dans les journaux.

Et ben, ça n'a pas traîné avant que je réalise que je m'étais mis le doigt dans l'œil!

Un super groupe rock s'en venait en ville. Tellement populaire que les billets allaient se vendre comme des petits pains chauds, officiel. Pas de chance à courir. À l'école, plusieurs planifiaient de passer la nuit dans un sac de couchage devant la billetterie. Ça pouvait prendre des années avant que le groupe récidive. Il faudrait ensuite se contenter des vidéos.

J'en ai discuté avec Julien et Tam, puis, tout bonnement, comme si ce n'était qu'une formalité, j'ai annoncé à ma mère que j'allais découcher, rue Sainte-Catherine.

C'est alors qu'elle a pris le mors aux dents.

Elle était en train de saupoudrer du parmesan sur ses pâtes aux épinards. Robert était venu prendre une bouchée, sur le pouce, entre deux rondes. Ça «dialoguait» pas fort. Je pense qu'il y avait de la dispute dans l'air. Pour la première fois, il vit ma mère monter sur ses grands chevaux.

— Ma fille fera pas le trottoir, ni au propre, ni au figuré! hennit-elle. Y a un bout! On dirait que je parle à une statue depuis quelque temps. C'est pas parce que t'as passé dans la gazette que tu dois te prendre pour une starlette. Tu te vois pas aller. Tu flottes, la tête aussi gonflée que les montgolfières de Saint-Jean-sur-Richelieu! Tu vas me faire le plaisir de redescendre sur le plancher des vaches!

La charge héroïque. J'ai pas insisté. Je la connais trop. Et puis, sur le coup, j'étais assommée. Une ruade pareille, c'est dur pour l'orgueil, surtout quand une deuxième personne assiste à votre dégringolade dans les roses. Et quand cette deuxième personne en rajoute, c'est vraiment le bouquet!

— Tu devrais obéir à ta mère, Catherine, renchérit Robert, pour ne pas contrarier sa dulcinée. Elle a raison. Les jeunes qui font la queue, la nuit, pour des spectacles, c'est souvent des drôles de numéros...

«Obéir.» Ça faisait belle lurette qu'on me l'avait pas servi. J'ai explosé.

— Toi, t'es pas mon père, O.K.! Mêle-toi de tes affaires!

Ma mère est devenue plus verte que ses nouilles. Elle me pointa de sa fourchette.

— Ta chambre! Ça presse!

J'ai «obéi» en claquant la porte aussi fort que j'ai pu. Elvis a sursauté sur sa baguette au miel.

Alors, j'ai fait quelque chose d'incroyable, tellement j'étais vexée. J'ai ouvert ma fenêtre, j'ai pris Elvis et je l'ai projeté dans le vide.

— Tiens, toi au moins, tu vas être libre, mon oiseau! que je lui ai lancé.

Le cri de la liberté. Ça lui faisait une belle jambe, à Elvis. D'abord, il a carrément plongé. Puis il s'est redressé de justesse, en faisant du rase-mottes. Enfin, il a dérivé en battant de l'aile, pour reprendre de l'altitude, cahin-caha, avant de se percher sur une branche du vieux chêne derrière la maison.

Ouf! J'ai compris que je venais de commettre une bêtise en payant à Elvis un baptême de l'air, lui qui n'avait pour ainsi dire jamais quitté le «nid». Élevé en vase clos, comment ferait-il à présent pour se nourrir, se défendre. C'était un oiseau de salon, pas un faucon. Pour lui, les grands espaces égalaient la voie lactée!

J'en avais la gorge nouée. Comment faire pour le rattraper? Il était déjà trop loin pour l'appeler, en admettant qu'il écoute. Peut-être qu'en me dépêchant, avec une échelle... Mais voilà qu'Elvis reprenait gauchement son envol, en frôlant deux fils électriques.

Alors j'ai craqué. J'ai couru à la cuisine en m'époumonant:

— Elvis est sorti par la fenêtre!

— Quoi? croassa ma mère.

Et elle me fila le train avec Robert.

On se retrouva dans la cour, à zigzaguer, la tête en l'air.

— Ça lui est jamais arrivé, observait ma mère, suspicieuse.

— Je l'ai vu qui se dirigeait par là, que j'ai improvisé.

— J'ai déjà descendu un chat d'un arbre, remarqua Robert, mais un oiseau, ce sera une première!

S'il pensait détendre l'atmosphère, il s'y prenait mal, le con! D'ailleurs, ma mère lui décocha un coup de coude pour l'avertir. Il se remit à scruter les alentours avec nous. Les feuillages, les haies, les clôtures, les poteaux, les toitures, les cheminées, les antennes. Zéro! On eut beau faire les girouettes autant comme autant, pas plus d'Elvis à l'horizon que de pou sur le crâne de Mad Dog Vachon.

— Ça sert à rien de se donner un torticolis, acheva Robert. Il nous a bel et bien faussé compagnie, ton oiseau.

Je sentais les larmes me monter aux yeux comme la marée de l'ouragan Hugo. C'était de leur faute. S'ils ne m'avaient pas fait sortir hors de mes gonds, jamais j'aurais fait sortir Elvis dehors. Je leur en voulais doublement!

— Peut-être qu'il va revenir... suggéra ma mère en désespoir de cause.

— Tu parles, c'est pas un pigeon voyageur, objecta Robert.

Nouveau coup de coude de ma mère. L'incident les avait raccommodés, elle ne le boudait plus. Robert se frottait les mains. Mon drame, il s'en foutait comme de son premier sifflet d'agent de la circulation.

J'ai vite regagné la maison en les laissant derrière. J'imaginais très bien ma mère se plaindre: «Un oiseau de ce prix-là, avec la cage et tout le tralala... Elle aurait pu le guetter.» Et Robert d'envenimer: «Je peux quand même pas émettre un avis de recherche pour un oiseau! Mais j'y pense, son volatile, il parle. Peut-être qu'il connaît son adresse et son numéro de téléphone par cœur!»

Il me semblait entendre ma mère glousser.

Oui, je les imaginais très bien se taper sur les cuisses. Ding et Dong, en moins spirituels.

Alors, j'ai voulu me venger. La fin de semaine prochaine, je devais la passer chez mon père. Je trouverais bien une astuce pour le convaincre de me laisser passer la nuit devant la billetterie. J'en faisais mon affaire.

Mon projet me calma, mais je sentais comme des cornes me pousser sur la tête. Ça se bousculait à l'étage au-dessus. Vous savez l'éternelle compétition entre l'ange du bien, avec la harpe, et celui du mal, avec la fourche. Chacun me taquinait la trompe d'Eustache avec ses recommandations.

Je me disais: Comment ça se fait que tout peut baigner dans l'huile un jour et le lendemain, grincer de partout? Comment peut-on s'entendre à merveille avec des gens le jour d'avant et les dé-tester, le jour d'après? Peu à peu, je voyais moins rouge; par contre, je broyais du noir.

Je me suis réfugiée dans ma cham-bre. J'aurais aimé qu'elle eût un verrou. C'est pas ma petite pancarte «NE PAS DÉRANGER - GÉNIE À L'ŒUVRE» qui impressionnait ma mère. Elle entrait souvent chez moi comme dans un moulin.

Je me suis couchée. J'ai entendu entrer les deux amoureux réconciliés. Ça devait se faire des mamours. Au bout de quelques minutes, on a frappé discrè-tement à ma porte. Le style de ma mère: ou elle entre en coup de vent ou elle gratte timidement, mais dans les deux cas, elle est vite au milieu de la pièce!

— T'en fais pas ma grande, ça va s'arranger. Laisse ta fenêtre ouverte, on sait jamais, il peut revenir de lui-même.

Si elle avait su ce que je mijotais, elle ne serait pas venue me border.

— Robert va regarder une dernière fois dans les environs avant de partir.

— S'il le trouve mort, peut-être qu'il va m'offrir de l'empailler pour mettre sur

mon bureau. Il est tellement roman-
tique, ton Roméo!

Des fois, j'ai des répliques qui me
surprennent moi-même.

Décontenancée, ma mère riposta
pourtant sur le même ton:

— Tu voudrais un enterrement de
première classe, avec les petits chan-
teurs à la croix de bois!? Dors. Demain,
tu seras plus parlable.

Et elle a rebroussé chemin à re-
brousse-poil.

Les plumes d'Elvis tourbillonnaient
sur mon plancher. J'ai enfoui ma tête
dans mon oreiller, en songeant qu'elle
aussi était bourrée de plumes. J'avais le
cœur lourd comme une enclume...

o

Le lendemain, je me suis éclipsée de
bonne heure pour l'école. Même que j'ai
pas attendu Julien. Je ne voulais pas
tomber sur ma mère. J'avais peur qu'elle
devine mon plan, comme quand j'étais

petite et qu'elle avait une espèce de don pour prévoir mes mauvais coups.

Au dîner, j'ai apostrophé Julien à la cafétéria.

— Qu'est-ce que t'as décidé? Tu viens passer la nuit à la billetterie?

— J'pense pas. J'en ai parlé à M. et Mme Comeau. Ils préféreraient que non. M. Comeau m'a dit qu'il connaît le directeur de la salle et qu'il verrait à me procurer un billet sans que j'aie à coucher sur le ciment. Alors...

Depuis une couple de semaines, Julien filait le parfait bonheur avec sa famille d'accueil. «Chacun y met du sien», qu'il récitait. La grande conversion. Pour moi, ça ressemblait à de la haute trahison!

— Tu veux dire que tu viens pas!?

— Tu comprends vite.

J'ai pris mon plateau et j'ai coupé la file pour aller me servir un grand verre de lait. Ça me le prenait pour éteindre le feu que j'avais au derrière. Un cas d'hémorroïdes foudroyantes, je vous le diagnostique!

Dans mon ébullition, je me suis rabattue sur Tam, accoté à une table, en train de croquer des légumes crus. Même si j'avais l'air aussi aimable qu'un volcan en éruption, il m'a souri. Faut dire que Tam affiche un sourire énigmatique quasi permanent. Question de culture, qu'il m'a expliqué l'autre jour, en insinuant que c'est mieux que d'avoir l'air bête. On l'a élevé de même. Il sourit pour toutes sortes de raisons: cacher sa tristesse, sa colère, sa timidité, éviter de répondre à une question gênante, ne pas manifester ouvertement son désaccord ou son doute, etc. S'agit de s'habituer... Josée Lalancette, une fille en bio, qui pense que tous les gars se morfondent pour ses beaux yeux, est persuadée que Tam veut sortir avec elle, justement à cause «d'un certain sourire». Elle interprète à la sauvette, la Josée. Son raisonnement gondole, comme ses faux-cils mal collés!

— Tu viens attendre devant la billetterie? demandai-je à Tam.

— J'en ai pas encore parlé à mes parents, qu'il me répondit.

— Qu'est-ce que t'attends? On est vendredi. C'est ce soir!

— Je vais leur demander en arrivant, dit-il en se dandinant sur une jambe et sur l'autre, avant d'enchaîner: «Si tu venais avec moi, il y aurait plus de chance qu'ils veuillent...»

Pour la révolution, fallait pas compter sur mes copains de quartier... Après réflexion, vu que je voulais éviter ma mère avant de me débiner chez mon père, j'ai consenti.

Tam s'est redressé et m'a offert un bout de céleri. On aurait dit que je venais de lui enlever une épine du pied.

7

Les yeux
en face des trous

Après les cours, on a donc mis le cap sur le dépanneur des Ho. Tam était chargé comme une mule.

— Pourquoi t'apportes tant de bouquins? que j'ai rouspété.

— Pour étudier. Chez nous, c'est le premier devoir des enfants de réussir dans leurs études. Pour faire plaisir aux parents et au maître; pour leur témoigner de la reconnaissance, pour avancer dans la vie et honorer la famille. C'est une philosophie et une tradition.

Il parlait déjà comme un livre.

— T'es bien attelé... que j'ai compati.

— En trimbalant ces livres, ça prouve aussi que je suis studieux. Peut-être que ça va les inciter à me récompenser.

— Là, je t'approuve!

En entrant par le côté de la maison, Tam a ajouté:

— Si ça te fait rien, au début, je vais parler en vietnamien. C'est plus respectueux.

J'ai salué Mme Ho et grand-père Ho qui étaient tous deux dans la cuisine. L'une en train de préparer du riz, l'autre, de hacher des piments et des oignons. Ça sentait bon.

Ils m'ont souri, évidemment, et m'ont offert de m'asseoir.

Sous la table, mes pieds ont heurté quelque chose de mou qui a gigoté. Deux frimousses sont apparues, les cheveux hérissés et la bouche fendue jusqu'aux oreilles. Tam comptait plusieurs frères et sœurs. J'ai ébouriffé ces deux-là, en riant.

Tam a posé son chargement sur un coin de la table puis, en fixant le linoléum, il a entonné en douce, ou en bémol, si je peux dire, vu le côté musical de la langue. Par discrétion, je me suis appliquée à feuilleter une grammaire.

Ça s'est mis à chantonner pour de bon. C'était agréable, m'enfin, pour moi, ça restait du chinois! Au début, j'ai essayé de deviner d'après les intonations, mais j'ai vite renoncé. Trop de variations. J'en perdais mon solfège. Alors je me suis mise à jongler, pêle-mêle, à mes petites manigances: Comment je ferais pour sortir mon sac de couchage à l'insu de ma mère? Qu'est-ce que j'allais raconter à mon père? Heureusement qu'il n'y avait pas de cours de judo, ce vendredi-ci. Le prof avait prévu une visite au musée pour voir le Japon des Shoguns, nous faire découvrir «l'âme japonaise». J'irais faire la connaissance avec leur âme une autre fois... Attention, fallait pas que j'oublie d'apporter des vêtements chauds pour coucher dans la rue. Pourquoi pas mon ensemble en coton ouaté? Fallait aussi que je passe au guichet automatique de la caisse pour prendre de l'argent. L'été dernier, j'ai travaillé dans une cantine et je me suis ouvert un compte. Vive l'indépendance! Naturellement, autant que possible, je n'abuse pas de mes économies. Quand il faut m'aplatir pour quêter aux parents, je m'aplatis sans barguigner. Dans la vie, faut être flexible.

Au bout d'une dizaine de minutes, je sortis de la lune pour refaire surface chez les Ho. Ça fredonnait toujours. Surgi du corridor menant au magasin, M. Ho s'était joint au chœur. Plouf! j'ai replongé dans mes pensées. Des pensées plus troubles.

Qu'est-ce qui pouvait être advenu d'Elvis? Tout ce que je souhaitais c'est qu'un matou ne l'ait pas agrippé ou qu'une grosse corneille ne l'ait pas rossé. À moins qu'il n'ait fini écrabouillé contre la vitrine d'un magasin ou le pare-brise d'un camion. Mon pauvre Elvis... Il amorçait sa vie dans le monde, bien démuni. Pas la plus petite fable de La Fontaine pour bagage. Sa liberté, elle serait de courte durée; à peine s'il aurait le temps d'y goûter. À l'heure actuelle, il devait avoir l'aigrette en dentelle. «Pourtant après une vie en cage, il ne l'avait pas volée, sa liberté», que j'essayais de me déculpabiliser. Comment il ferait pour supporter la température plus froide à nos portes? Peut-être qu'il aurait la bonne idée de suivre les canards vers le sud. Serait-il accepté clandestinement dans leur formation? Les canards, ils sont surtout pacifiques à l'orange... (recette favorite de mon cordon-bleu de père).

Nouvelle remontée chez les Ho. Rien de changé. Ça musiquait à plein registre. J'avais beau être aux premières loges, je commençais à trouver des longueurs au récital. Même que je crus détecter une fausse note, soudain.

Je ne m'étais pas trompée. L'instant d'après, Tam me fit signe de le suivre sur la galerie. La famille Ho me dédia un petit sourire; je le lui rendis, mais en plus jaune. Je sentais que les carottes étaient cuites...

— Un flop? ai-je devancé.

— C'est ma tactique des livres. Ils ont dit que j'avais vraiment trop à étudier pour m'absenter.

— L'ambition fait mourir les co-chons! que j'ai jaspiné.

— Quoi?

— Rien. Un dicton de mon grand-père.

— De toute façon, si j'ai du temps de libre, je dois aider mon père à l'inventaire du magasin, cette fin de semaine-ci.

— Franchement... Pis ça a pris tout ce temps-là pour te faire dire non. J'étais en train de me donner des ampoules à faire semblant de potasser le Grevisse.

— Chez nous, quand on demande une permission ou une faveur, on ne doit pas la réclamer de but en blanc. Il faut présenter sa demande avec beaucoup de tact et de courtoisie.

— C'est pas un peu hypocrite? que j'ai commenté en chipie.

— Non, ça fait partie de tout un code de politesse très important.

— Si tu les avais regardés dans le blanc des yeux aussi, au lieu de fixer le plancher...

— Encore là, question de politesse. C'est le signe d'une bonne éducation chez les miens. Il est impoli pour un enfant ou un adolescent de regarder en face ses parents, ses grands-parents ou des personnes plus âgées. Le même rapport existe entre des gens de classes sociales différentes. Il faut être humble.

— Et bah, t'es pas sorti du bois!

— Mais toi, j'aimerais bien savoir comment tu t'es débrouillée pour convaincre tes parents...

Là, il me prenait de court.

— Disons que je suis bien tombée... répondis-je évasivement.

Comme je n'avais pas envie de patiner, j'ai contourné avant que ça devienne trop glissant:

— Bon, faut que j'y aille. J'ai des choses à préparer. Tu diras bonsoir à tes parents.

Tam devait trouver notre code de politesse plutôt abrégé.

Quant à moi, j'espérais que ma mère serait déjà partie. Le vendredi, elle quittait tôt et prenait deux «amies de fille» pour son cours d'aérobie. Une sorte de retrouvailles et de mesure comparative au niveau des bourrelets. Après, elles filaient au restaurant pour une pointe de tarte.

Quand j'ai tourné le coin de la rue, j'ai vu que la *Rabbit* biodégradable de ma mère n'était pas dans la cour. Pas de pépins. Elle m'avait simplement laissé une note à l'entrée:

«*Salut, ma grippette! Poulet froid dans frigo. Passe bon week-end avec ton père. Smac! Smac! Ta mère marâtre.*»

J'ai pris mon bazar et je suis sortie en prenant garde de ne pas accrocher mes cornes dans le haut de la porte. Je sentais qu'elles poussaient plus vite que le nez de Pinocchio.

J'ai descendu la rue jusqu'à l'immeuble-appartement de mon père. Il n'était pas encore arrivé. Le vendredi, la circulation le retardait. Ça m'a un peu embêtée, puis j'ai calculé que ça m'avantageait. Inutile de risquer qu'il me refuse à son tour la permission. Tant qu'à mentir, aussi bien y aller à fond! C'était le soir des petits mots et j'ai fixé le mien avec un truc aimanté sur la porte du réfrigérateur:

«*Salut, p'pa! Vais coucher chez une copine. T'inquiète pas. De retour demain matin. Smac! Smac! Catou.*»

Sur ce, j'ai décampé... pour aller camper.

À mon arrivée, la file devant la billetterie était déjà longue. On aurait dit un concours de blousons de cuir. Ça fumait et buvait en douce. J'ai pas reconnu grand-monde. Je me suis dépêchée de m'aligner avant que ça serpente davantage. Suffisait d'attendre, je verrais bien des bobines familières.

J'étais trop optimiste. Au bout d'une heure, la ligne bifurquait sur une autre rue et je ne pouvais pas reluquer les nouveaux arrivants sans risquer de perdre ma place. Par chance que je m'étais emmitouflée, le vent s'élevait. Fin octobre, le soir vient vite. Déjà, les lampadaires s'allumaient. Je m'emmerdais royalement. J'étais entre deux bandes qui faisaient des farces plates sur la lingerie du sex-shop devant lequel on moisissait.

Ça s'est plus radicalement gâté quand la pluie a débuté. Autour, les gars et les filles se sont glissés dans des sacs de couchage, avec des fous rires qui en disaient long.

Quand une auto de police est apparue en longeant le trottoir, ça m'a achevée. Même si je suis têtue, le camping sur béton, avec inondation et inspection en prime, j'en avais ma claque. Je ne possédais pas un entraînement de cadet des Forces Armées comme Julien. Lui, il avait couché à la belle étoile et pataugé dans les marécages, au camp de torture de Farnham. Il s'était tapé les maringouins et les engueulades, tout ça pour singer son père. Moi, j'avais pas la vocation. J'ai roulé mon barda et j'ai pris le large.

Il était temps, ça s'est mis à tomber dru. Une vraie douche. J'ai piqué entre les édifices. Je barbotais dans mes chaussures. S'il y a une sensation qui me répugne, c'est celle-là. À travers le rideau de l'averse, quand j'ai passé devant la ruelle effrayante, j'ai songé: «Au diable, ça va me raccourcir!». Depuis les descentes de police, la ruelle m'apparaissait comme exorcisée, démystifiée. Je m'y suis engagée comme un bolide sur la piste Gilles-Villeneuve. Et brusquement, l'embardée! J'ai eu l'impression d'être avalée par quelque chose. Il y

a eu un feu d'artifices, avec des cloches. Puis, plus rien.

Quand j'ai repris conscience, j'avais mal partout. C'était gluant dans ma bouche. Ça m'a pris quelques minutes avant de reconnaître le goût du sang. J'avais le nez comme une chantepleure. Une jambe m'élançait, un doigt aussi.

Au-dessus de ma tête s'étirait un cylindre lugubre avec, tout en haut, un rond de lumière d'où provenaient des gouttelettes qui m'aspergeaient. On aurait dit le fond d'un puits. Il faisait noir, pourtant contre la paroi, je pouvais distinguer des petits échelons. J'ai voulu me hisser pour en saisir un, mais ma jambe m'a horriblement fait mal. J'ai appelé. C'était écho. J'ai pleuré. Puis je ne sais plus très bien. Peur... douleur... néant... des tas de pointillés.

O

«Catherine... Catherine», que ça tambourinait dans mon crâne.

J'ai ouvert les yeux; ma mère et mon père étaient à mon chevet.

— Enfin, on vivait plus! lâcha ma mère.

— Essaie pas de bouger, ma colombe, repose-toi, conseilla mon père.

Comme si je pouvais bouger. J'étais momifiée: jambe dans le plâtre, côtes enveloppées, main pansée, nez farci et enrubanné.

— Qu'est-ce qui m'est arrivé? que j'ai nasillé.

Ils m'ont raconté mon odyssée par bribes, en me ménageant, parce que côté concentration, ça dérapait. La grande vadrouille vaseuse. Pire qu'une super dose d'antihistaminiques pour la fièvre des foins. J'en perdais des grands bouts.

Pour faire une histoire courte, Robert patrouillait dans le quartier de la billette-rie, quand il a aperçu une personne s'écarter de la file en attente. Ça l'a intri-gué et, de loin, il l'a suivie. Quand il l'a vue entrer dans la ruelle, il est descendu de voiture et s'y est introduit. Avec sa lampe de poche, il s'est rendu compte qu'au beau milieu du passage, des petits ma-lins avaient enlevé le couvercle d'une

bouche d'égout. Il a entendu des gémis-
sements. En dirigeant le faisceau de sa
lampe dans le trou, il m'a découverte. Sa
bouille quand il a reconnu la mienne!
J'étais sans connaissance et pas belle à
voir. Un pantin désarticulé.

En route pour l'hôpital! Pour la
deuxième fois, je m'éloignais de la ruelle
effrayante au son de la sirène, mais pour
un autre motif. Apparemment, je l'avais
échappé belle; ma chute aurait pu me
tuer.

Après pareille équipée, je vous dis que
le petit ange, celui avec l'auréole, en avait
long à me tartiner. La super-leçon! Pour
l'heure, mes parents se retenaient, mais
dès que je prendrais du mieux, fallait pas
me faire d'illusions, j'écoperais. Aussitôt
mon nez débourré, ils me la mettraient
dessus, mon escapade!

Je devais encore exagérer, parce que
le lendemain, malgré mes maussaderies,
ma mère me fit le plus beau cadeau qui
soit:

— Tu sais quoi, ma chouette? Il y a
quelqu'un qui t'attend à la maison.
Quelqu'un que tu connais bien. Oui! Oui!
Elvis. Pas fou, celui-là. Il s'empiffrait

dans la mangeoire de Mme Lirette, la deuxième voisine. Quand elle l'a aperçu, elle n'a fait ni une ni deux et a appelé M. Giguère de l'animalerie où tu t'approvisionnes. En voyant Elvis et en l'entendant répéter «Assez! Assez!», il a tout de suite su que c'était ton oiseau.

J'ai senti un regain d'énergie. Mon Elvis! Une hallucination que j'avais eue dans le trou, me revint à l'esprit: Elvis fixé à une vitre d'auto, avec des ventouses aux pattes, comme le chat Garfield. J'ai poussé un gros soupir. Tout à coup, j'ai eu une bouffée d'odeur de sainteté. Mon caractère, mes sautes d'humeur... Ma mère avait raison, j'avais bien des choses à corriger avant de jouer les têtes d'affiche.

Demain, Julien et Tam sont censés venir me voir. Robert aussi. J'ai hâte, mais je me doute que leur petite visite va être dure pour mon amour-propre. La façon dont je les ai traités chacun.

Je me suis toujours vantée de ne pas prendre quatre chemins quand j'ai quelque chose à dire. Ma mésaventure me fait réaliser que les raccourcis, ça conduit pas toujours où on veut. Va falloir que je modère mes transports et mes crises de vedette. Pour l'instant, je ressemble plutôt à Miss Piggy et les autographes, c'est les autres qui les signent... sur mon plâtre!